Dans Un Voyage Appelé La Vie

Translated to French from the English version of

On A Journey Called Life

Ajit Wadhwa

Ukiyoto Publishing

Tous les droits d'édition mondiaux sont détenus par

Ukiyoto Publishing

Publié dans 2024

Droits d'auteur sur le contenu © Ajit Wadhwa
ISBN 9789361722141

Tous droits réservés.
Aucune partie de cette publication ne peut être reproduite, transmise ou stockée dans un système de recherche documentaire, sous quelque forme que ce soit et par quelque moyen que ce soit, électronique, mécanique, photocopie, enregistrement ou autre, sans l'autorisation préalable de l'éditeur.
Les droits moraux de l'auteur ont été revendiqués.

Ce livre est vendu à la condition qu'il ne soit pas prêté, revendu, loué ou mis en circulation de quelque manière que ce soit, sans l'accord préalable de l'éditeur, sous une forme de reliure ou de couverture autre que celle dans laquelle il est publié.

www.ukiyoto.com

Remerciements

Je m'incline devant le Dieu tout-puissant qui m'a accordé le talent et le courage de publier mon troisième recueil de poèmes. Mes deux premiers recueils de poèmes, "The Winner's love" et "Different Stokes of Love", ont été merveilleusement bien accueillis dans le monde entier. C'est le troisième de la série. Je remercie mes parents, le Dr S.K. Wadhwa et Mme Adarsh Wadhwa, qui m'encouragent constamment à poursuivre mes rêves et me guident pour les réaliser à force de travail et de détermination. Ma charmante épouse Mani est un soutien solide pour moi et le livre n'aurait pas été possible sans son aide. Mes enfants Yuvaan et Anaaya apprécient également mes poèmes et ils lisent avec impatience mes nouveaux poèmes. Mes aînés Aadhar Wadhwa et Archna Wadhwa m'ont toujours inspiré à penser de manière positive et différente. Les remerciements resteraient incomplets sans la mention de M. Mukesh Kapoor. Je crois fermement qu'il me bénit du haut des cieux. J'ai besoin de ses bénédictions pour toujours. Le soutien de Mme Tanu Kapoor a été sans égal.

Avant-propos

Ce recueil de poèmes raconte le voyage d'une âme sous une forme humaine. Le but de notre naissance n'est pas de goûter au succès et de jouir de gains matérialistes. La destination finale et l'accomplissement d'une âme devraient être la sagesse, le progrès et l'évolution. Cependant, l'homme ne peut pas envisager de se soustraire au "karma". Plus une âme traverse d'expériences et d'épreuves, plus elle s'affine et évolue. Ainsi, toutes les étapes de la vie humaine, telles que la naissance, la jeunesse et la vieillesse, ont été couvertes dans ce livre. Des sonnets contenant des émotions et des souvenirs d'enfance, l'exubérance de la jeunesse, la vie amoureuse, les désirs charnels et la trahison, ainsi que des philosophies sur la vie ont été écrits sous forme lyrique pour votre lecture. Le poète a essayé de souligner le fait que chaque expérience de cette vie, positive ou négative, est un gain. Une grosse perte rapporte parfois plus qu'un petit gain. Notre âme évolue de jour en jour et son but ultime est de répandre la positivité dans cet univers. Embarquons donc pour le voyage émotionnel et philosophique de la vie à travers les poèmes de ce livre qui suscitent la réflexion.

Contenu

Voyage d'une âme	1
Je suis une âme	2
La vie est un cadeau	3
Le but de la vie	4
Je veux être un enfant	5
Le cœur et l'esprit	6
L'attitude est votre seul trésor	7
Le moment présent	8
La jeunesse	10
Le premier Crush	11
Je t'aime	12
Votre voix	13
Comment ne pas tomber sous le charme vous	14
Vous voulez être dans votre bras	15
Je t'aime beaucoup	16
L'amour pour toujours	17
Le chapitre de l'amour	18
Comme ces rivières qui coulent	19
Quoi qu'il arrive	20
Je prie pour notre unité	21
Votre compagnie	22
La façon dont	23
La lumière	24

Je ne peux pas vivre sans toi	25
Tu m'aimes, tu ne m'aimes pas ?	26
L'amour qui est fort	28
Confiez-vous à moi	29
Elle se souvient de lui	30
La beauté à admirer	31
L'âme solitaire	33
La fin de notre histoire d'amour	34
Qui aime pour un gain	35
La différence	36
Vous avez changé de couleur	37
Attendre	38
Les sentiments	39
Tu me manques	40
Prendre l'appel	41
Vous avez une place particulière	42
Lueur d'espoir	43
S'attendre à l'inattendu	45
L'enfant de Dieu	46
Travailler en équipe	47
Je peux repérer la lumière	48
Entendre l'appel	49
Les solutions de la vie	50
Le vrai test	51
Croire aux vrais amis	52
Je ne suis pas un stéréotype	53

Soyez un joueur !	54
Vie paisible	55
Se sentir gagnant	56
Les deux faces d'une même pièce	57
Satisfaire mon âme	58
Laissez-moi rester seul	59
Un soupir de soulagement	60
Ce beau jour	61
Il doit partir	62
Leçons de vie	63
Relations humaines	64
Le trou noir	65
La goutte d'eau qui fait déborder le vase	66
Couleurs complémentaires	67
Qu'est-ce qu'un nom ?	68
L'art de la réussite	69
La poursuite	70
Rien n'est permanent	71
Portez votre attitude	72
L'intuition	73
Laisser faire la nature	74
Sortir vainqueur	75
Succès	76
Chemin et destin	77
Le laisser aller	78
Attendre son tour	79

Des émotions immortelles	80
Les principes universels	81
La femme - la meilleure moitié	82
Les modes de vie	83
Une équipe	84
Le contentement	85
Les expériences	86
Les derniers jours	87
La vieillesse	88
Le présent reste le roi	89

Voyage d'une âme

Être libérée de toute forme de douleur, d'anxiété, d'extase et de joie ; c'est son seul objectif.

Une âme pure et dépourvue de ces sentiments est descendue sur cette terre Et à la fin de son voyage

Elle aspire à la même liberté et à la même pureté C'est son seul objectif ;

Le but ultime de l'âme.

Je suis une âme

Je suis une âme

Un concentré d'énergie

Positivité dans cet univers que je dois créer Je suis une âme qui n'attend rien de moi

Mais pourquoi mon corps reste-t-il tendu sous ce poids ?

Je suis une âme

Je suis sorti du cercle vicieux de l'attirance, de l'amour et de la convoitise Mais pourquoi mon corps franchit-il toutes ces frontières ?

Pour étancher sa soif ?

Je suis une âme pure, fluide, sans limite Compatissante, pour tous les démunis et les déprimés Mais pourquoi mon corps sort-il rarement de ce stress ?

Je suis une âme et je veux mettre fin à toutes ces hésitations ; Effacer toutes les frontières qui existent entre moi et moi-même Mais mon corps aime sautiller

Courir à toute allure, avoir soif de succès ; chercher des miracles

Oublier qu'il est là, ce lutin.

La vie est un cadeau

De l'âme au corps

Nous sommes nés dans cet univers pour vivre la vie d'un humain. Nous avons tous les pouvoirs pour performer, pour gagner ;

Servir et se rendre

Nous sommes nés dans ce monde dans un certain but Et notre naissance sur cette terre est ce rappel

Cette innocence, cette gaieté, cette irrévérence, est-ce le message de Dieu pour nous ?

Que cette vie est un cadeau

Vivez-le avec spontanéité, vivez-le sans chichis !

Le but de la vie

Je suis venu au monde avec quelques kilos en trop Je suis l'un des milliards que Dieu a créés

Quel est le but de ma vie ? S'agit-il d'un plaisir et d'un loisir ?

S'agit-il d'un service rendu à la société et à la nation ?

La raison de la vie et de la mort ; Les battements du cœur et la respiration

Il s'agit d'une théorie complexe à comprendre pour un être humain

Notre but ultime devrait être d'élever et de renforcer notre âme

Il faut mener sa vie avec enthousiasme

La satisfaction somatique ne devrait pas être l'objectif

La satisfaction de soi par le service doit être l'objectif.

Je veux être un enfant

Pas d'exigences sur le lieu de travail Pas de pression de la part du groupe de pairs

Quand les attentes des autres étaient légères ; Rendez-moi ces beaux jours !

Dieu ! Je veux être un enfant

On s'est amusé toute la journée et on a beaucoup joué.

Cricket, football et fabrication de blocs avec du sable et de l'argile Les devoirs étaient également amusants

Nous cherchions des excuses, nous n'allions pas à l'école Nous regardions des dessins animés, nous avions l'habitude de rester à la maison

Ces disputes avec des amis qui ne nous dérangent pas Les réprimandes des professeurs me semblent bienveillantes Rendez-moi ces beaux jours ;

Dieu ! Je veux être un enfant.

Le cœur et l'esprit

Ils me prêchent de contrôler, de rester en arrière, de tenir ! Les objectifs peuvent-ils être atteints sans être audacieux ? Mon cœur m'exhorte à plonger dans les eaux profondes, à traverser vers les terres invisibles.

Mais mon esprit m'en empêche

Sermonnez-moi qu'il peut être risqué, qu'il peut être froid

Les esprits sont comme des pères, ils nous disent ce qu'il faut faire et ce qu'il ne faut pas Parfois, ils grondent

Et les cœurs sont comme des mères

Ils nous chouchoutent, écoutent nos demandes injustes Ils sont comme une paire d'yeux pour nous

Pour les beautés, les peurs et les opportunités qu'elles recèlent.

L'attitude est votre seul trésor

Je suis né dans ce monde pour survivre. Vivrais-je longtemps ou périrais-je ?

Je ne sais pas !

Si je dis : "Je suis sûr de mon avenir et de ma vie", je suis naïf. je serais naïf !

Les plaisirs, les luxes, les échecs, les chagrins font partie du voyage de la vie.

Pourquoi cette obsession pour les gains matérialistes ?

Car nous oublions le luxe que nous avons, dans la période des douleurs

Vous êtes plus performant ;

Plus on avance vers la solitude, plus on peut apprendre de la réussite ;

Le seul trésor d'une personne est sa propre attitude.

Le moment présent

Je n'ai pas envie de stars Pas du tout de voitures de luxe
Pour d'autres, je ne veux pas élever les barreaux. Qu'est-ce que je veux alors ?

Quelqu'un pourrait-il me garantir le contentement ?
La vie s'est révélée être une course ;
Il s'est avéré être une punition

Je veux me débarrasser des bagages de mon passé Je ne veux pas penser à mon avenir
Je veux profiter du présent, vivre ce moment.

La jeunesse

Je suis jeune, plein d'énergie et d'exubérance Je suis impatient mais je manque un peu de patience J'aime que les gens soient attirés par moi Je suis attiré par quelques-uns aussi

Je souhaite ardemment que ma popularité et mon audience augmentent

Je suis déterminé à me battre pour atteindre mon objectif
J'aimerais travailler en équipe
Mais s'ils ne se joignent pas à moi
L'ensemble de la responsabilité m'incombe
Je ne m'interroge pas beaucoup sur les avantages et les inconvénients Les livres sont pour les anciennes écoles
Je recueille mes informations à partir d'onglets et de téléphones intelligents.

Qui n'a pas envie d'un style de vie pompeux et luxueux ?
Mais si vous prenez une résolution ;
Je pourrais transformer cette société, je pourrais évoluer.

Le premier Crush

C'est à cet âge que mon regard sur la vie a changé. Il y avait un enfant en moi et je voulais aussi grandir vite.

Ces sentiments, ces sensations étaient étranges

J'étais à la fin de cette enfance choyée Je n'avais pas atteint l'âge adulte.

Mais cette expérience était unique dans la mesure où elle était vécue par des adolescents.

Lorsqu'en recevant ces sourires et ces regards mystiques, on rougissait

C'était le moment d'aimer C'était le moment de mon premier coup de foudre.

Je t'aime

Je suis séduit par sa personnalité

Son aura s'étend au loin comme la couronne du soleil. Son sourire est charismatique ;

Pour que l'impact se fasse sentir Il faut un certain temps

Son arôme rend fou quand elle est là

Les projecteurs sont braqués sur elle seule Et l'arrière-plan devient flou

Elle serait définitivement mon rêve devenu réalité et je veux me confesser devant elle ;

Avec ces trois mots magiques : "Je t'aime".

Votre voix

Un environnement propre et serein, une herbe verdoyante
Quelques notes douces d'un coucou
Le printemps arrive à grands pas

Allons nous promener, mon amour ! Là où la paix règne
Où tes gazouillis sont amplifiés J'aime ta voix
C'est doux comme un coucou, c'est parfait

Rêvons de notre avenir Le temps est venu de s'installer C'est le souhait de cette saison C'est le souhait de cette nature.

Comment ne pas tomber sous le charme vous

Quand je te regarde

Regarde ta simplicité, ton innocence Ta franchise, ta gentillesse

Comment pourrais-je résister ?

Comment pourrais-je ne pas tomber amoureux de toi ?

Quand je te vois parler

Quand je regarde la façon dont tu marches, j'ai envie de me rapprocher de toi

Je suis ton vrai admirateur, je ne te traque pas

J'avoue ! C'est un sentiment différent, c'est unique, c'est nouveau Comment pourrais-je ne pas tomber amoureux de toi ?

Vous voulez être dans votre bras

Mes souvenirs si fragiles, ça fait longtemps ;

Je veux être dans tes bras pour un moment Ta présence si sûre et apaisante Ton amour si rafraîchissant et émouvant Je veux être avec toi pour toujours

L'amour ! Cette vie a été si vide sans toi et ton attention.

Je t'aime beaucoup

Une brise fraîche souffle

A travers tes cheveux longs et lisses qui coulent librement
Quand je regarde tes yeux rêveurs

Mon stress s'en va, la mélancolie s'envole

Ce n'est pas une question de beauté

Il s'agit plutôt de ton attention, de ta pensée Ta simple présence répand la joie C'est pourquoi, je t'aime beaucoup.

L'amour pour toujours

Ne joue pas avec moi, chérie !

Je comprends les choses ; même si ce n'est pas le cas, je suis intelligent

Tu continues à flirter avec moi et quand je m'approche de toi ;

Me tromper est ton seul objectif Mais tu devrais te rappeler que pour toi, mon amour est éternel

Il y a beaucoup d'étoiles dans cette galaxie, mais la plus brillante est le soleil.

Je suis sérieuse avec toi Car l'amour n'est pas toujours une partie de plaisir

L'amour a une saveur douce-amère Et pour toi, mon amour est éternel.

Le chapitre de l'amour

J'aime la façon dont tu aimes L'amour qui est subtil L'amour qui est simple L'amour qui est pur

Ton innocence, je n'aurais pas pu l'ignorer

Tes yeux de rêve, tes lèvres roses

J'aime la façon dont, pour ce selfie que tu poses Je mène cette période de rêve de ma vie Et je ne veux pas que cette phase se termine Ce chapitre se referme.

Comme ces rivières qui coulent

L'amour est excitation, l'amour est extase Mais notre amour est calme

Tout comme lorsque les graines sont semées et que le fruit est lent Notre amour se déplace lentement, comme les rivières qui coulent dans les plaines

Il faut du temps pour comprendre Il faut du temps pour savoir

Il faut du temps pour tomber amoureux

Il me faudra du temps pour avouer à tous que votre personnalité est bien supérieure à celle des autres.

Il faut du temps pour se rapprocher Il faut du temps pour se détacher

Il faudra du temps pour vous écrire de jolis poèmes Jusqu'à présent, tout était en prose

Notre amour est vrai et transparent Aussi clair et frais que la neige

Notre amour évolue lentement, comme les rivières qui coulent dans les plaines.

Quoi qu'il arrive

Tout au long de la nuit et du jour, je continuerai à t'aimer
Quoi qu'il arrive !

Les difficultés resteront présentes mais vous ne devez pas perdre votre flair Ensemble, avec nos efforts ;
Ces difficultés que nous allons vaincre Je continuerai à t'aimer
Quoi qu'il arrive !

Nous sortirons triomphants de ces jours sombres Pour gagner, nous trouverons nos propres moyens Les récompenses que nous récolterons
Si nous jouons dur et en esprit, je continuerai à t'aimer
Quoi qu'il arrive !

Je prie pour notre unité

Tu n'oublies pas de m'appeler une fois par jour et quand tu pars ;
Tu dis toujours que tu ne veux pas partir, que tu veux rester.

Comment pourrais-je exprimer mon amour pour toi ? Je n'ai pas de mots pour exprimer, pour dire
Je veux que tu fasses partie intégrante de ma vie Et que tu restes à jamais dans ma vie ;
C'est ce que je prie.

Votre compagnie

Si ma vie est un bateau, tu es le quai Tu es la colle qui lie ma famille

Vous veillez à ce que le nid soit confortable pour notre troupeau

Quand le besoin s'en fait sentir, dans les moments difficiles, tu procures cet effet apaisant.

Et se tenir derrière nous comme un roc solide

Cette vie sans toi est inimaginable

Car ta compagnie me rend courageux et capable.

La façon dont

Quand tu ne reconnais pas mes habitudes stupides La façon dont tu me regardes ;

Ce regard qui tue

Tu me grondes comme le faisait ma mère J'aime la façon dont tu t'occupes de moi

Je ne peux pas imaginer ma vie sans toi Je ne peux pas oser

Je ne vous l'ai pas encore dit, mais je vous fais part de mes sentiments intimes.

Je t'aime

Et j'aime la façon dont vous vous souciez des autres.

La lumière

La lumière qui me guide Le contentement et l'équilibre qu'elle m'apporte

La lumière qui m'aime, la lumière qui est empathique Elle est la lumière de ma vie

La lumière qui me montre le bon chemin

La lumière qui dissipe les ténèbres qui m'entourent Rend les trajets difficiles plus agréables

La lumière qui me rend enthousiaste La lumière pleine d'exubérance et de jeunesse

La lumière rationnelle et raisonnable

Froid et calculateur sans exaspération ni colère Elle est la lumière qui m'aime ;

La lumière qui me montre le bon chemin.

Je ne peux pas vivre sans toi

L'unité des jours L'intimité des nuits Cette période d'amour

Ces moments impulsifs et ces bagarres Notre lien est de plus en plus fort ; Et la relation mûrit

Tu es mon seul amour", c'est certain.

Tu m'aimes, tu ne m'aimes pas ?

Tu m'aimes, tu ne m'aimes pas ?

Je suis toujours occupé par cette pensée Pour moi, tu as apporté des joies en abondance Et il n'y a aucun doute dans mon esprit Que je t'aime beaucoup

Tu es le seul digne de confiance que j'ai Et tu es unique

Personne ne pourra jamais remplir cette fonction

Vous avez réussi à galvaniser notre relation qui était sur le point de pourrir.

Pour cette seule raison, je t'aime beaucoup !

L'amour qui est fort

Je veux être aimé

J'aime la façon dont tu aimes ; parce que ton amour est pur

Ton amour me rend confiant Ton amour me rend sûr

L'amour n'est pas seulement une question d'appréciation Il ne s'agit pas d'aimer ces courbes

Je t'aime ;

Parce que tu me fais sentir en sécurité Tu calmes mes nerfs

L'amour n'est pas une question de vacances et de dîner raffiné L'amour, c'est quand vous agissez comme un barista

Lorsque vous préparez et servez le cappuccino Ce dimanche après-midi paresseux, ce moment de qualité

Oui, je veux être aimé

J'en ai assez de ce plaisir momentané et à court terme, je veux être aimée pour longtemps.

L'amour qui assure L'amour qui est fort.

Confiez-vous à moi

Les draps sont blancs La déesse de l'amour est dessous
Comment pourrais-je résister à l'envie d'aimer et de vénérer son corps ?
En bas et en haut

C'est la nuit pleine de désirs Les deux corps sont en feu
La sueur qui coule de ses globes crée des ondulations à l'intérieur du corps.
Je sais que pour moi le moment est venu d'entrer dans le sanctuaire de l'amour avec un toboggan.

Ce n'est plus de l'amour maintenant, c'est du pur bonheur Et je serai ton partenaire de confiance pour toujours
Tu peux te confier à moi.

Elle se souvient de lui

La brise fraîche m'embrasse de haut en bas Jusqu'à mes pieds
Cela m'a fait penser à votre toucher
Et mes larmes qui ont gelé cet hiver se déversent sous forme de neige fondue

L'espoir est perdu
Et je pouvais sentir que les chances sont rares ; Pour que nous nous rencontrions
Mais personne ne pourrait t'enlever tes souvenirs, qui sont enfermés dans mon cœur.
Les souvenirs à chérir, les souvenirs qui sont doux.

La beauté à admirer

Toi et moi au milieu de cette nuit Cette réalité nue, cette belle vue Les corps enchevêtrés et les âmes unies

Ces mouvements à l'unisson et le rythme créé

Elle était attendue depuis longtemps La nuit est torride
Il me donnerait cette satisfaction en attente depuis longtemps

Mes émotions sont incontrôlables ;

Votre beauté et votre corps ont besoin d'être admirés Cela me prendrait un peu de temps

Chérie ! Laissez l'amour prendre son temps Ne vous méprenez pas !

Dans Un Voyage Appelé La Vie

L'âme solitaire

Je suis dépourvu de paix et de tranquillité Ma paix, quelqu'un l'a volée

Dans une galaxie d'étoiles brillantes, je suis le seul trou noir

Ma vie a été difficile

J'ai essuyé des refus dès le début J'étais un adepte du "karma"
Le destin a également joué un rôle important

Je voulais vivre une vie normale Je ne voulais pas être un pilier
Mes amis m'ont aussi abandonné Ils ont joué un sale rôle

Laissez-moi vivre dans la solitude, je suis une âme solitaire.

La fin de notre histoire d'amour

C'était dévastateur pour moi Et tu as eu toute la gloire C'était la fin de tout ça ; De notre histoire d'amour

Vous étiez passionné par votre carrière Vous aviez un grand potentiel en tant qu'acteur

C'est moi qui suis sorti du personnage Tu étais mon amour, ma vie

Je rêvais d'être ton homme, et toi, ma femme

Il n'y a pas de correspondance entre le succès et l'échec Oui, je t'ai enseigné les subtilités du théâtre

Mais une création ne doit pas être aimée par son créateur

Ta vie est maintenant un train super rapide et je suis toujours un vieux camion Je prie pour que tu aies toute la gloire

Hélas, c'est la fin de notre histoire d'amour.

Qui aime pour un gain

Tout était perdu Qui aime pour gagner ?
L'amour, c'est un peu de joie et beaucoup de douleur

Mon corps jeté et mon âme tuée
Comme une terre desséchée qui attend quelques gouttes de pluie
Mais il n'y a aucun signe de lumière
Dans ce long et sombre tunnel, corps mutilé, âme éperonnée,
tout n'est que douleur
Qui aime pour gagner ?

La différence

L'amour est fragile de nos jours Les gens ne sont pas sérieux, ils jouent des jeux

En vogue, les pièces de théâtre En vogue, les pièces de théâtre

Sur les médias sociaux, l'escroc semble réel Et le vrai est jugé comme "escroc

Il y a une différence entre vivre ensemble et s'aimer sur Facebook

Fragile est notre patience

Les esprits s'échauffent fréquemment Les choses qui semblent roses dans le monde du web se révèlent être un choc dans la réalité Et la réalité est mordante

Quand l'amour se termine brutalement par une dispute Quand le jour devient insupportable Et que l'horreur devient la nuit

Lorsque nous contemplons ;

qu'il aurait mieux valu préférer un caractère fort ; Qu'un look accrocheur

Il y a une grande différence entre vivre ensemble et s'aimer sur Facebook.

Vous avez changé de couleur

Tu as dit que j'étais le battement de ton cœur ; Une de tes parties

Dans votre jardin ;

J'étais la plus belle des fleurs Mais il ne t'a pas fallu longtemps ;

Pour me briser le cœur

La fille qui était charismatique à vos yeux est devenue un casse-tête

Quand tu as prétendu que c'était à cause de moi Notre relation est devenue problématique

Il a été si facile pour toi de me laisser tomber et de partir Et je n'arrivais toujours pas à y croire

Que tu ne fasses pas partie de ma vie

Moi et ma confiance sommes tombés dans un trou profond Où il fait sombre et flou

Pourquoi n'as-tu pas pensé à moi pour une fois ?

Pour vous, il n'a pas fallu longtemps pour changer de couleur.

Attendre

Notre amour était si profond, nos sentiments si profonds
Et nous nous sommes promis
Jusqu'à l'éternité, nous garderons nos mots

Hélas ! Les divergences sont apparues Et pour la réconciliation, il était un peu tard

Aujourd'hui, ce temps est révolu et ces moments perdus Il ne me reste plus grand-chose ;

Mais attendez.

Les sentiments

Au plus profond de mon cœur, ton souvenir refuse de s'effacer
Les battements de mon cœur ne me soutiennent pas non plus
Chaque souffle inhale l'odeur de ton corps
Et à chaque battement ;
Les sentiments de séparation et de mélancolie s'accentuent.

Tu me manques

Rien n'est beau sans toi Sans toi il y a comme un vide Que je garde bien sans toi Ne présume jamais !

Il y a cette enveloppe de silence tout autour Perforée par quelques notes de gazouillis d'un moineau Le monde s'est rétréci pour moi

Le chemin de l'amour est devenu étroit

Les choses ont changé en ton absence Les nuits sont devenues plus froides

Car mon insécurité est de plus en plus grande Je n'ai pas besoin de répéter que notre amour était vrai

S'il vous plaît ! Revenez bientôt ! Tu me manques !

Prendre l'appel

C'est tout ce que j'avais à offrir

Je t'ai donné mon cœur, mon amour, mon âme Je t'ai donné mon entièreté

Je n'étais pas un objet, une pièce d'exposition Pour votre lèche-vitrine

J'avais des sentiments, des attentes Mais, d'une fille à l'autre

Tu as continué à sauter

Qu'aurais-je pu faire d'autre ?

Pour vous gagner, pour vous donner cette satisfaction Voulez-vous autre chose ?

Autre que la gratification sexuelle

Je vais mettre un terme à cette épreuve maintenant que je suis un peu confus moi aussi.

Comment vais-je vivre sans toi ? Mais je dois répondre à cet appel pour ma paix et mon avenir ;

Ce sacrifice sera trop petit.

Vous avez une place particulière

Il est temps de prendre congé Il est temps de dire au revoir
Le moment était imminent Ne pleurez pas

La séparation est dure, mais c'est la réalité de la vie C'est une décision mutuelle

Nous nous quitterons dans le respect des uns et des autres en gardant intacts nos propres principes et positions.

Je prierai toujours pour votre prospérité et votre croissance Vous aurez toujours une place spéciale dans mon cœur Pour moi, c'est à la fois un gain et une perte.

Lueur d'espoir

Laissez-moi brûler de remords

Je n'étais intéressé que par ton corps, ces courbes Je n'ai jamais apprécié quelqu'un qui aimait

Ma situation s'est encore aggravée

Je ne sais pas si c'est à cause de mes actes ou de votre malédiction ?

Avec un cœur brisé, les blessures que je vais soigner Dans le chagrin, je pense toujours à toi

Seul dans les bois, j'erre

Est-il possible de se réconcilier ?

Pour inverser notre rupture

J'ai encore une lueur d'espoir Je ne peux pas vivre sans toi

Il est de plus en plus difficile d'y faire face.

44   Dans Un Voyage Appelé La Vie

S'attendre à l'inattendu

La vie est un long et difficile voyage

Il ne faut pas se laisser perturber par les temps difficiles Le voyage peut être lent et régulier

Mais c'est sa continuité qui est la clé

Certaines phases seront un jeu d'enfant, d'autres seront tristes et mélancoliques ;

Lorsque l'on commence à douter de ses propres pairs Ne pas avoir confiance même en eux & parler

La vie n'est pas un match de football de quelques minutes. C'est un jeu de hasard, un jeu ininterrompu, plein de risques.

Si l'on veut survivre, il faut enchérir

Et il faut être prêt à s'attendre à l'inattendu.

L'enfant de Dieu

Je n'ai pas peur de l'adversité

Les temps peuvent être durs, ils peuvent être doux, je les prends à bras-le-corps.

Je ne sais pas comment ces énigmes complexes peuvent être résolues si facilement ?

Car je crois que je suis l'enfant de Dieu

Pourquoi es-tu si triste ?

Cela fait longtemps que vous n'avez pas souri Ce dont vous avez besoin, c'est de vous abandonner

Et vous vaincrez Car vous êtes l'enfant de Dieu.

Travailler en équipe

Pourquoi tant d'angoisse, pourquoi tant de jalousie ?

Qu'est-ce que vous me reprochez ?

Sous votre pression indue, je ne bougerai pas !

Je sais que c'est l'épreuve décisive Et je devrai prouver que je suis le meilleur

Il peut y avoir des obstacles, des gaffes, mais mon intention est bonne.

La réussite est un processus long et ardu Elle s'inscrit dans cette quête

Tu ne peux pas non plus me voler ce qui m'est destiné ; Je ne peux pas non plus construire mon nid sur tes rêves Travaillons en équipe ;

Avec engagement, sincérité et enthousiasme.

Je peux repérer la lumière

Le résultat est proche Ma vie a connu des hauts et des bas J'ai toujours essayé de donner le meilleur de moi-même

Ce devrait être maintenant la fin de ce combat Au bout de ce tunnel maintenant ;

Je peux repérer cette lumière

L'épreuve a été longue

J'ai parcouru un mile pour correspondre au furlong d'un autre L'agonie était toujours là

Parfois intense, parfois légère

Ma marche a été lente

Mais l'aube est au coin de la rue maintenant Ce serait la fin de cette nuit noire Cause au bout de ce tunnel ;

Je peux repérer la lumière.

Entendre l'appel

Écoute l'appel de ta conscience N'aie pas peur de tomber
La vie réserve de nombreuses surprises On ne peut pas toutes les dévoiler

Vous aurez l'occasion de vous lever
Craindre et paniquer n'est pas sage Car un lion peut survivre ;
Même si elle ne fait pas partie de la fierté

Donner et mériter le respect est primordial On n'obtient pas de grands résultats ;
Avec duplicité et prétention

On peut se blesser mortellement avec un bouncer ; et on peut marquer de gros points au cricket ; avec la même balle.
Écoute l'appel de ta conscience N'aie pas peur de tomber.

Les solutions de la vie

La vie, c'est bouger ; vite, avec une halte ou lentement C'est ce que professent les philosophes C'est ce que nous savons tous

Il y a peu de temps pour l'introspection Il n'y a que quelques instants pour décider si cette idée était un échec ;

Ou nous aurions pu le faire à la perfection ?

Mais il n'y a pas moyen de s'arrêter Car l'eau stagnante pue toujours

Et la léthargie a été un véritable échec

La vie est un test complexe et compliqué Il n'y a pas de solutions éprouvées

Les remèdes qui sont acceptables aujourd'hui Demain, ils pourraient devenir non pertinents, dépassés.

Le vrai test

Sur notre victoire, l'assurance suinte Nous sommes enthousiastes, pleins d'entrain

Mais il y a un vrai test !

Lorsque nous perdons malgré le fait que nous ayons donné le meilleur de nous-mêmes

Lorsque nous sommes aux côtés de la vérité

Lorsque nous voulons faire quelque chose pour les pauvres et les faibles, nous manifestons pour défendre leurs droits.

C'est le véritable test

Lorsque nous luttons pour joindre les deux bouts Et que nous broyons nos corps, poste après poste Pour gagner quelques dollars, livres, roupies Le corps dit non mais l'esprit dit oui Lorsque nous travaillons sans repos

C'est le véritable test.

Croire aux vrais amis

Le travail acharné est votre ami La patience est votre mentor
Ne quitte jamais ces deux-là Ils sont tes seuls vrais amis
Dans les moments difficiles, ils vous aideront toujours

Ne vous inquiétez pas ! Si vous manquez de charisme, de flair
N'oubliez pas de croire en vos amis Quoi qu'il arrive, jouez
franc-jeu !

Je ne suis pas un stéréotype

C'est une couronne d'épines Parce que je ne suis pas un stéréotype

Qu'est-ce que j'obtiendrais en faisant partie de cette foule ? Je ne veux pas me cacher ; derrière les mensonges, ce linceul

Que la patience soit mon amie Je veux embrasser le calme

Je ne veux pas être bruyant

Il n'y a pas de substance là-dedans ! Pourquoi un tel battage médiatique ?

Je ne peux pas être comme toi Tu ne peux pas être comme moi

Car je ne suis pas un stéréotype !

Soyez un joueur !

Vous voulez me déstabiliser ! Laissez-moi tester votre courage, votre force de caractère

Il vaut mieux ne pas mettre le doigt dans l'engrenage des autres La vie est un grand et long jeu

Jouez avec sagesse, jouez franc-jeu

Il y a des hordes de spectateurs Mais peu sont les leaders

Participez aux procédures, soyez un acteur !

Vie paisible

Qu'est-ce qu'un plan ?

Je n'ai pas pu finir par être toujours gagnant !

Pour mener sa vie, il y a des millions d'autres façons !

La pression permet-elle d'être plus performant ? Continuez à avancer, lentement et sûrement ! Tu atteindras ton destin, tôt ou tard

La discipline et l'éthique sont primordiales Avec elles, on peut traverser n'importe quelle rivière ; on peut escalader n'importe quelle montagne.

Il faut se sentir satisfait ; Se sentir satisfait à la fin de la journée

Nous avons besoin d'une vie paisible, et pour cela nous devons prier.

Se sentir gagnant

Que puis-je faire ?

Puis-je apporter la monnaie ? Pourrais-je être le changement ? En ai-je les capacités ?

Quelles sont mes capacités ? Je suis en train de délirer !

Je ne peux pas me battre maintenant !

Je veux me lever ! Recommencez !

Et je ne sais pas comment ?

Une chose est sûre, c'est que je ne me coucherai pas devant ce monde Il y a ici beaucoup de cols blancs qui ont vendu leur âme Je donnerai le meilleur de moi-même ;

Car je ne me sens pas perdant, car je ne me sens pas coupable.

Les deux faces d'une même pièce

Regardez ce ciel bleu !

Quelle belle scène que celle de cette volée d'oiseaux qui s'envolent dans le ciel

Quand il pleut des gouttes

On se croirait au paradis avec cette brise fraîche

Mais les personnages changent C'est la réalité, même si elle est étrange

Lors d'un safari, l'allure d'un lion n'est-elle pas ravissante ?

Les regards sont charismatiques, ils se lient !

Pourrions-nous nous tromper en considérant ces regards comme généreux et bienveillants ?

Il y a deux faces d'une personnalité ; deux faces d'une pièce de monnaie

Une pluie diluvienne fait des ravages Ce ciel semble si méchant !

Il y a des phases dans la vie, différentes facettes de la personnalité Après une période de joie, il faut pleurer.

Satisfaire mon âme

Je m'en fiche
Que vous aimiez mon travail ou que vous soyez un troll ?
Je fais mon propre travail Je ne peux pas plaire à tout le monde
Je resterai fidèle à mes principes Je satisferai mon âme

La vie est un jeu de haute performance Ce n'est pas toujours un bal du soir Quand il s'agit d'une course de cent mètres On ne peut pas se contenter de flâner

Le respect doit être au rendez-vous Pour tous et chacun
Je resterai fidèle à mes principes et je rassasierai mon âme.

Laissez-moi rester seul

Laissez-moi rester à l'écart

Indifférente aux complots et aux conspirations, je suis réticente à accepter ces prophéties qui sèment la discorde.

Permettez-moi de rester à l'écart de ces enseignements

Les enseignements qui prônent le radicalisme et l'effusion de sang Les enseignements qui préfèrent la guerre au pain.

Laissez-moi rester à l'écart de ce monde matérialiste où les renards règnent en maîtres.

Les lions sont tués et leur peau vendue

Laissez-moi rester seul

Parce que j'étais, je suis et je serai original Et je ne peux pas devenir le clone de quelqu'un d'autre.

Un soupir de soulagement

Je ne vais nulle part

Dans ma vie, il y a eu cette brève accalmie Quand tout semble ennuyeux et terne

Cette même routine, cette discipline, cette éthique deviennent monotones et redoutables ;

Comme un problème mathématique non résolu

Je ferai une pause, ce serait beau et bref Je pousserai un soupir de soulagement

Il reste encore beaucoup de rêves à accomplir J'ai besoin que mon âme soit guérie et nourrie

J'essaierai quelque chose de nouveau et de différent, mais je resterai conscient, bien qu'un peu complaisant.

Ce beau jour

Je marche sur une longue route sans issue Pourquoi devrais-je me concentrer sur une destination ? Cette insatisfaction est ma propre création La vie est une lutte pour tous

Pour chaque région et nation

Nous sommes tous pressés de dépasser les autres

C'est l'argent qui compte, pas les relations, les amis et les frères J'attends ce beau jour

Quand nous commencions à nous ennuyer

Quand la paix et la tranquillité règneront Quand il y aura du calme tout autour Quand l'avarice sera abandonnée

Et la convoitise s'étiole.

Il doit partir

Que nous fassions vite ou que nous fassions lentement ? Les opportunités se présenteront à nous

C'est à nous de les sentir, seuls, ils ne se manifesteront pas Car le succès et l'échec ont une durée limitée Quiconque et quoi que ce soit arrive, cela doit partir

L'amour a sa propre période et son propre rythme La haine a son propre temps Les erreurs n'ont pas de preneur, pas d'espace

Plus nous apprenons de nos erreurs, plus nous grandissons.

Car le succès et l'échec ont une durée limitée. Quiconque et quoi que ce soit arrive, doit partir.

Leçons de vie

La vie, tantôt douce, tantôt dure, devient difficile à filtrer ;

Qu'est-ce qui est vrai, qu'est-ce qui est faux, qu'est-ce qui est farce ?

Notre incapacité à comprendre une personne, une situation, n'est pas un problème !

Le problème, c'est que les leçons ne sont pas tirées ; Après la chute

La vie est un processus constant de perte et d'apprentissage Il faut une vie pour obtenir cette position, ce respect C'est le gain le plus important

L'action et l'exécution sont primordiales, sinon les rêves resteront inaccessibles et nous resterons sur notre faim.

Relations humaines

L'homme, un animal social peu sûr de lui Il y a ce lien entre nous

Cela nous permet de rester en contact par-delà les frontières. Par-delà les ethnies, par-delà les nations.

Les relations, certaines sont fausses et d'autres vraies Et les vraies sont brisées Ce jour, cette réalité, nous le regrettons souvent

Les relations sont liées par ce fil doux et soyeux Pour que les relations avancent fermement

C'est avec la plus grande prudence qu'il faut s'engager sur ce chemin précipité.

Le trou noir

Un corps ne cesse d'être beau avec la présence d'un grain de beauté

Parce que la beauté ne doit pas être le corps La beauté doit être l'âme

L'éclat des étoiles dans une galaxie ne diminuerait pas en présence d'un trou noir.

La goutte d'eau qui fait déborder le vase

Croire en soi

Croyez au pouvoir suprême, à votre destin Les chances peuvent être contre vous

Mais votre courage vous permettra d'aller jusqu'au bout... Soyez là ! Attendez ;

Même avec ta griffe égratignée et blessée, accroche-toi à la dernière paille.

Couleurs complémentaires

Elle est la reine des nuits ; la nuit de la pleine lune Regardez sa beauté

Si belle et si lumineuse

Les différentes couleurs et nuances ont leur propre grâce
L'arrière-plan sombre s'harmonise avec la lune blanche.

Si la nature les présente comme des couleurs complémentaires, pourquoi les humains font-ils la différence entre le noir et le blanc ?

Qu'est-ce qu'un nom ?

Qu'est-ce qu'un nom ?

C'est le caractère et l'œuvre d'une personne qui font sa renommée Les Ottomans ne sont pas restés invincibles

A cause de leur incapacité, les Romains ont perdu

Le nom pourrait vous donner une longueur d'avance Mais le nom ne pourrait pas être une garantie de succès

Vous n'êtes pas né avec une cuillère en argent, c'est une excuse qui est boiteuse

De nombreuses opportunités s'offrent à vous Réveillez-vous ! Levez-vous ! Faites-vous compter !

Soyez triomphant et atteignez la gloire !

L'art de la réussite

Ce n'est pas la fin, ce n'est que le début, quels que soient les bénéfices que l'on en retire.

Les résultats seront lents Sans cheval, ne bougeons pas la charrette !

L'essentiel de la vie, c'est le "karma", le travail Travaillez constamment et intelligemment Ne jugez pas, ne sautez pas le pas

La réussite n'est pas un hasard, c'est un art.

La poursuite

Notre vie est une course poursuite Poursuivre un rêve

Poursuivre une personne que l'on aime La poursuite est différente

Dans les différentes phases de la vie

On dit qu'il faut poursuivre ses rêves

Et proposer de libérer la personne que vous aimez Les concepts de vie et d'amour sont paradoxaux Les concepts sont dynamiques et flexibles ;

Elles diffèrent d'un cas à l'autre.

Rien n'est permanent

Ni dans le passé, ni dans l'avenir Je vis dans le présent
Les épreuves m'ont fait mûrir

Tout est une question de rêve et d'exécution Rien n'est gratuit dans ce monde.

C'est le jour où il faut mettre en œuvre Demain ne vous donne jamais aucune garantie

Pourquoi cette anxiété, cette colère et ce ressentiment ?
Les situations évolueront favorablement car rien n'est permanent.

Portez votre attitude

Le succès va et vient, tout comme l'argent et le pouvoir

Même quand les jeux sont faits Loin est cette couronne tant convoitée

La vie reste dynamique, elle doit aller de l'avant Le luxe et l'abondance ne sont pas un statut

Adoptez votre attitude !

L'intuition

Pourquoi ces célébrations d'un accomplissement ? Ce n'est qu'une des étapes vers votre destination Car la vue de votre but ne doit pas s'estomper ; Par cette exaltation prématurée et inopportune

Les réactions doivent rester modérées dans toutes les situations Car il y a deux versions d'une même histoire ;

C'est à la fois de la jovialité et de la frustration

Ce caractère ne doit pas être perdu Et le son doit être votre préparation

La vie est longue et les occasions rares Écoutez la voix intérieure, suivez votre intuition Reposez tout est une farce.

Laisser faire la nature

La vie, une combinaison complexe de jeux Parfois, elle ressemble à une intrigante partie d'échecs

Avec les autres, vous créez un lien plus fort Mais vous risquez de goûter à la défaite avec un échec et mat.

Vous êtes sur le point de gagner Et il suffirait d'un coup de dé pour que tout s'arrange

Mais vos rêves peuvent se briser ; le plan peut tomber à plat.

La vie est un jeu d'échelles et de serpents

Que pourrait faire un humain ?

Avons-nous un contrôle sur la procédure ?

Nous pourrions simplement donner le meilleur de nous-mêmes

Et laisser la nature faire le reste.

Sortir vainqueur

Qui écoutera ma grogne ?

Le feu qui brûle en moi Qui l'éteindra ?

Je m'étouffe dans cette société carcérale où l'on pense qu'il est de bon ton de juger, où l'abattage des rêves est une obsession Mais naviguer contre les vents est ma passion.

Je continuerai à avancer vers mon but Dans mon travail et mes projets, je mettrais mon âme

Le succès mettra fin à mes plaintes et à leurs jugements. Je dois les sortir, ainsi que moi, de cette situation difficile.

J'ai travaillé dur et j'ai marché vers mon objectif.

Et briller en tant que "vainqueur" comme un diamant de la mine de charbon.

Succès

La vie est trop courte et il y a tant à faire

Les actes sont pour la satisfaction de chacun On n'a rien à prouver

Alors pourquoi se plaindre ?

Le voyage de la vie est un sac mélangé C'est une combinaison de joie et de douleur

La destination peut être atteinte dans les deux sens Il peut s'agir d'un chemin piétonnier ou d'une voie rapide

Mais le succès ne pouvait être atteint que par un fou.

Chemin et destin

Le chemin que je traverse est mon ami de confiance Pas ma destination

Car la destination est cette superbe demoiselle Qui pourrait probablement me larguer ?

Mais ce chemin me motive à faire de mon mieux.

Et de laisser à cette nature le soin de faire le reste.

Le laisser aller

Je rêve de ces moments heureux Je rêve de ces journées ensoleillées

Je prie pour que mes rêves deviennent réalité, et que la réalité reste à jamais.

Mais j'ai connu la cruauté du destin Les rêves sont comme un bouquet de ces fleurs de saison

Car ils se flétrissent et meurent trop tôt Et la vie reste un cycle d'agonie

Pourquoi ai-je toujours soif de bonheur ?

Pourquoi ces joies m'échappent-elles ?

Je ne poursuivrai pas ces plaisirs momentanés à partir de maintenant, "laisser tomber" serait pour moi la "clé".

Attendre son tour

Pour chaque déception, il y a le bonheur Pour la mélancolie, il y a la joie

Pour chaque perte, il y a une victoire

Pour les larmes dans les yeux, il y a un sourire et une grimace

Le destin s'équilibre C'est un jeu sans fin Il y a toujours un autre combat

N'acceptez donc jamais la défaite ! Ne succombez jamais !

La nature a son propre équilibre Ton tour viendra !

Des émotions immortelles

Beaucoup sont arrivés et ont péri

Mêmes situations, mêmes moments, mêmes succès ; Ils ont apprécié, ils ont chéri

Pourquoi ce sentiment d'attachement et cet acte de possession ?
Le sentiment va être arraché, transféré de vous à d'autres
Beaucoup d'autres viendraient et feraient l'expérience de la même chose

Nous serions tous partis, sans ces sentiments et ces émotions.

Car ces émotions sont immortelles et cet attachement est grotesque.

Les principes universels

Où trouver le grand amour ?
Où trouver le courage et la force ?
J'ai compris ces relations inconstantes
J'ai vécu des trahisons en profondeur et en longueur

Il n'y a pas d'amour qui soit vrai Il n'y a pas d'ami qui soit vrai Si je suis snob et égoïste
Pourquoi devrais-je regretter la tromperie d'autrui ?

Qui suis-je pour juger et changer les autres ? Cet ordre mondial est le même depuis longtemps. Il n'y a rien d'unique, rien de nouveau.

La femme - la meilleure moitié

Les femmes, la moitié de ce monde Les femmes, l'incarnation de la beauté Pour protéger ceux qu'elle aime

Elle pouvait s'élever, et même manier l'épée

Femme, créatrice Son amour est aveugle

Ne peut pas faire la différence entre un loyaliste et un traître

La femme, moteur de la famille Elle pardonne et oublie avec ses larmes

Depuis longtemps dans son cœur, elle ne garde aucune malice

La femme, la meilleure moitié Plus forte émotionnellement, elle atteint ses objectifs ;

Avec douceur, amour, sourire et rire !

Les modes de vie

La vie est un mélange de hauts et de bas Comme le carrousel d'une foire Le monde est une foire

Et chacun est un participant compulsif ici ; Un joueur réticent

Le trajet doit être effectué seul, en duo ou en équipe.

Il vaut mieux partager ses joies et ses peines Prendre tout sur soi, c'est mal, c'est une erreur

Un compagnon est nécessaire

Les joies s'accentuent et les peines s'amenuisent. C'est l'un des modes de vie préférés ;

Cependant, il pourrait sembler dépassé ?

Une équipe

Je veux me libérer de cette guerre et de ces conflits Je veux me libérer des armes à feu et des couteaux

Je veux me libérer de cet "instinct animal" ; ancré dans mon âme

Je veux être un protecteur de la vie

J'aimerais recevoir de l'amour et de la compassion

Je ne veux pas usurper les terres et les ressources de quelqu'un d'autre Je veux être libéré de cette obsession

Je veux l'égalité des droits et des ressources pour tous ; pour toutes les couleurs, toutes les croyances et toutes les castes.

Je veux d'abord être un être humain

L'être suprême parmi toutes les espèces Et je veux me comporter comme le suprême

Le monde entier est ma famille, "une seule équipe".

Le contentement

J'ai attendu si longtemps, j'ai broyé si fort

J'ai cru en la vérité, j'ai ignoré le canard qui me disait que je ne pouvais plus rêver.

Parce que les rêves sans action n'ont rien donné

J'ai fait confiance au travail et à l'action J'ai cru en la patience

Car le succès est un voyage et non un événement Une petite victoire par-ci, une petite joie par-là

Il me rend heureux et satisfait.

Les expériences

Que faire et ne pas faire ? Pourquoi ne suis-je pas clair dans mes pensées ?

Il y a beaucoup de distractions, trop d'options Mon esprit est encombré

Lentement dévorée par cette pourriture

J'étais un héros quand je réussissais J'avais beaucoup d'amis

J'avais mon propre tribunal

Mais tous étaient là pour mon argent et j'ai continué à perdre mes biens ;

Prise de vue après prise de vue

Je suis sur le point de décliner complètement. Est-ce qu'ils m'ont fait ça ?

L'écriture était sur le mur

C'est le résultat de mes actions C'est un signal d'alarme pour moi Les expériences ne s'achètent pas

Ce n'est que par la vie et le temps qu'ils sont enseignés.

Les derniers jours

Je me sens comme un arbre pourri
Je me sens comme un arbre oublié ; Dans la terre desséchée
Dépourvu de force, de verdure et de virilité Ils ne pouvaient qu'avoir pitié de moi
Personne n'a d'affinité avec moi.

Mais ce n'était pas la même chose il y a quelques années
Quand j'ai eu une belle somme d'argent en réserve, je me suis dit qu'il fallait faire quelque chose.
Avec de belles demoiselles autour de moi ; C'était le bon temps
Pour moi, c'était le paradis, avec de fréquents vins et dîners.

Jusqu'à ce que mes proches commencent à m'abandonner
Jusqu'à ce qu'ils commencent à faire des doubles croix Celui que j'aimais le plus
Dans mon besoin urgent, elle s'est perdue

Les étoiles n'étaient pas à mes côtés
Il y a eu un énorme trou dans mes accumulations, ma fierté Je suis seul maintenant, je compte mes derniers souffles et mes derniers jours Ne faites jamais confiance aveuglément
C'est ce que dit "Ajit".

La vieillesse

Ils font des commentaires satiriques sur mon apparence, mon âge Mais ils oublient que tous arriveront au même stade La vie est comme un livre

Et la véritable essence d'un livre ne peut être comprise que si l'on en lit chaque page.

Le présent reste le roi

La vie, le voyage des temps

L'avenir se transformera en présent Le présent deviendra bientôt le passé Nous nous en rendons rarement compte

Tout se passe si vite

L'avenir est un rêve et le passé n'est qu'un souvenir Seul le présent est "action".

Le présent est le plus important

C'est le seul moment où l'on peut changer de cap dans la vie.

Le présent est décisif

Il est puissant, il peut faire basculer votre destin.

Si le passé reste la reine des souvenirs et l'avenir le prince des rêves

le présent reste le Roi.

www.ingramcontent.com/pod-product-compliance
Lightning Source LLC
LaVergne TN
LVHW041621070526
838199LV00052B/3209